RIME E RITMI

GIOSUÈ CARDUCCI

Texte et illustration de couverture : © domaine public
Edition : Culturea (Hérault, 34)
Contact : infos@culturea.fr
Retrouvez notre catalogue sur http://culturea.fr
Imprimé en Allemagne par Books on Demand
Design typographique : Derek Murphy
Layout : Reedsy (https://reedsy.com/)

Dépôt légal : janvier 2023
Tous droits réservés pour tous pays

ISBN : 9791041845514

ALLA SIGNORINA MARIA A.

O Piccola Maria,
Di versi a te che importa?

Esce la poesia,
O piccola Maria,
Quando malinconia
Batte del cor la porta.

O piccola Maria,
Di versi a te che importa?

NEL CHIOSTRO DEL SANTO

Sí come fiocchi di fumo candido
tenui sfilando passan le nuvole
su l'aëree cupole, sovra
le fantastiche torri del Santo;

passan pe l' cielo turchino, limpido,
fresco di pioggia recente; sonito
di mondo lontano par l'eco
tra le arcate che abbraccian le tombe.

Tal su l'audacie de gli anni giovani
a me poeta passâro i cantici,
ed ora ne l'animo chiuso
solitaria ne mormora l'eco.

Sí come nubi, sí come cantici
fuggon l'etadi brevi de gli uomini:
dinanzi da gli occhi smarriti,
ombra informe, che vuol l'infinito?

JAUFRÉ RUDEL

Dal Libano trema e rosseggia
Su 'l mare la fresca mattina:
Da Cipri avanzando veleggia
La nave crociata latina.
A poppa di febbre anelante

Sta il prence di Blaia, Rudello,
E cerca co 'l guardo natante
Di Tripoli in alto il castello.

In vista a la spiaggia asïana
Risuona la nota canzone:
«Amore di terra lontana,
Per voi tutto il core mi duol.»
Il volo d'un grigio alcïone
Prosegue la dolce querela,
E sovra la candida vela
S'affligge di nuvoli il sol.

La nave ammaina, posando
Nel placido porto. Discende
Soletto e pensoso Bertrando,
La via per al colle egli prende.
Velata di funebre benda
Lo scudo di Blaia ha con sé:
Affretta al castel: - Melisenda
Contessa di Tripoli ov'è?

Io vengo messaggio d'amore,
Io vengo messaggio di morte:
Messaggio vengo io del signore
Di Blaia, Giaufredo Rudel.
Notizie di voi gli fûr porte,
V'amò vi cantò non veduta:
Ei viene e si muor. Vi saluta,
Signora, il poeta fedel. -

La dama guardò lo scudiero
A lungo, pensosa in sembianti:
Poi surse, adombrò d'un vel nero
La faccia con gli occhi stellanti:
- Scudier, - disse rapida - andiamo.
Ov'è che Giaufredo si muore?
Il primo al fedele richiamo
E l'ultimo motto d'amore. -

Giacea sotto un bel padiglione
Giaufredo al conspetto del mare:
In nota gentil di canzone
Levava il supremo desir.
- Signor che volesti creare
Per me questo amore lontano,
Deh fa cha a la dolce sua mano
Commetta l'estremo respir! -

4

Intanto co 'l fido Bertrando
Veniva la donna invocata;
E l'ultima nota ascoltando
Pietosa risté su l'entrata:
Ma presto, con mano tremante
Il velo gittando, scoprì
La faccia; ed al misero amante
- Giaufredo, - ella disse - son qui. -

Voltossi, levossi co 'l petto
Su i folti tappeti il signore,
E fiso al bellissimo aspetto
Con lungo sospiro guardò.
- Son questi i begli occhi che amore
Pensando promisemi un giorno?
È questa la fronte ove intorno
Il vago mio sogno volò? -

Sí come a la notte di maggio
La luna da i nuvoli fuora
Diffonde il suo candido raggio
Su 'l mondo che vegeta e odora,
Tal quella serena bellezza
Apparve al rapito amatore,
Un'altra divina dolcezza
Stillando al morente nel cuore.

- Contessa, che è mai la vita?
È l'ombra d'un sogno fuggente.
La favola breve è finita,
Il vero immortale è l'amor.
Aprite le braccia al dolente.
Vi aspetto al novissimo bando.
Ed or, Melisenda, accomando
A un bacio lo spirto che muor. -

La donna su 'l pallido amante
Chinossi recandolo al seno,
Tre volte la bocca tremante
Co 'l bacio d'amore baciò,
E il sole da 'l cielo sereno
Calando ridente ne l'onda
L'effusa di lei chioma bionda
Su 'l morto poeta irraggiò.

IN UNA VILLA

O tra i placidi olivi, tra i cedri e le palme sedente
bella Arenzano al riso de la ligure piaggia;

operosa vecchiezza t'illustra, serena t'adorna
signoril grazia e il dolce di giovinezza lume;

facil corre in te l'ora tra liete aspettanze e ricordi
calmi, sí come l'aura tra la collina e il mare.

PIEMONTE

Su le dentate scintillanti vette
salta il camoscio, tuona la valanga
da' ghiacci immani rotolando per le
selve scroscianti:

ma da i silenzi de l'effuso azzurro
esce nel sole l'aquila, e distende
in tarde ruote digradanti il nero
volo solenne.

Salve, Piemonte! A te con melodia
mesta da lungi risonante, come
gli epici canti del tuo popol bravo,
scendono i fiumi.

Scendon pieni, rapidi, gagliardi,
come i tuoi cento battaglioni, e a valle
cercan le deste a ragionar di gloria
ville e cittadi:

la vecchia Aosta di cesaree mura
ammantellata, che nel varco alpino
èleva sopra i barbari manieri
l'arco di Augusto:

Ivrea la bella che le rosse torri
specchia sognando a la cerulea Dora
nel largo seno, fosca intorno è l'ombra
di re Arduino:

Biella tra 'l monte e il verdeggiar de' piani
lieta guardante l'ubere convalle,
ch'armi ed aratri e a l'opera fumanti

6

camini ostenta:

Cuneo possente e paziënte, e al vago
declivio il dolce Mondoví ridente,
e l'esultante di castella e vigne
suol d'Aleramo;

e da Superga nel festante coro
de le grandi Alpi la regal Torino
incoronata di vittoria, ed Asti
repubblicana.

Fiere di strage gotica e de l'ira
di Federico, dal sonante fiume
ella, o Piemonte, ti donava il carme
novo d'Alfieri.

Venne quel grande, come il grande augello
ond'ebbe nome; e a l'umile paese
sopra volando, fulvo, irrequïeto,
- Italia, Italia -

egli gridava a' dissueti orecchi,
a i pigri cuori, a gli animi giacenti:
- Italia, Italia - rispondeano l'urne
d'Arquà e Ravenna:

e sotto il volo scricchiolaron l'ossa
sé ricercanti lungo il cimitero
de la fatal penisola a vestirsi
d'ira e di ferro.

- Italia, Italia! - E il popolo de' morti
surse cantando a chiedere la guerra;
e un re a la morte nel pallor del viso
sacro e nel cuore

trasse la spada. Oh anno de' portenti,
oh primavera de la patria, oh giorni,
ultimi giorni del fiorente maggio,
oh trionfante

suon de la prima italica vittoria
che mi percosse il cuor fanciullo! Ond'io
vate d'Italia a la stagion piú bella,
in grige chiome

oggi ti canto, o re de' miei verd'anni,

7

re per tant'anni bestemmiato e pianto,
che via passasti con la spada in pugno
ed il cilicio

al cristian petto, italo Amleto. Sotto
il ferro e il fuoco del Piemonte, sotto
di Cuneo 'l nerbo e l'impeto d'Aosta
sparve il nemico.

Languido il tuon de l'ultimo cannone
dietro la fuga austriaca moría:
il re a cavallo discendeva contra
il sol cadente:

a gli accorrenti cavalieri in mezzo,
di fumo e polve e di vittoria allegri,
trasse, ed, un foglio dispiegato, disse
resa Peschiera.

Oh qual da i petti, memori de gli avi,
alte ondeggiando le sabaude insegne,
surse fremente un solo grido: Viva
il re d'Italia!

Arse di gloria, rossa nel tramonto,
l'ampia distesa del lombardo piano;
palpitò il lago di Virgilio, come
velo di sposa

che s'apre al bacio del promesso amore:
pallido, dritto su l'arcione, immoto,
gli occhi fissava il re: vedeva l'ombra
del Trocadero.

E lo aspettava la brumal Novara
e a' tristi errori mèta ultima Oporto.
Oh sola e cheta in mezzo de' castagni
villa del Douro,

che in faccia il grande Atlantico sonante
a i lati ha il fiume fresco di camelie,
e albergò ne la indifferente calma
tanto dolore!

Sfaceasi; e nel crepuscolo de i sensi
tra le due vite al re davanti corse
una miranda visïon: di Nizza
il marinaro

8

biondo che dal Gianicolo spronava
contro l'oltraggio gallico: d'intorno
splendeagli, fiamma di piropo al sole,
l'italo sangue.

Su gli occhi spenti scese al re una stilla,
lenta errò l'ombra d'un sorriso. Allora
venne da l'alto un vol di spirti, e cinse
del re la morte.

Innanzi a tutti, o nobile Piemonte,
quei che a Sfacteria dorme e in Alessandria
diè a l'aure primo il tricolor, Santorre
di Santarosa.

E tutti insieme a Dio scortaron l'alma
di Carl'Alberto. - Eccoti il re, Signore,
che ne disperse, il re che ne percosse.
Ora, o Signore,

anch'egli è morto, come noi morimmo,
Dio, per l'Italia. Rendine la patria.
A i morti, a i vivi, pe 'l fumante sangue
da tutt'i campi,

per il dolore che le regge agguaglia
a le capanne, per la gloria, Dio,
che fu ne gli anni, pe 'l martirio, Dio,
che è ne l'ora,

a quella polve eroica fremente,
a quella luce angelica esultante,
rendi la patria, Dio; rendi l'Italia
a gl'italiani.

AD ANNIE

Batto a la chiusa imposta con un ramicello di fiori
glauchi ed azzurri, come i tuoi occhi, o Annie.

Vedi: il sole co 'l riso d'un tremulo raggio ha baciato
la nube, e ha detto - Nuvola bianca, t'apri.

Senti: il vento de l'alpe con fresco susurro saluta
la vela, e dice - Candida vela, vai.

Mira: l'augel discende da l'umido cielo su 'l pésco
in fiore, e trilla - Vermiglia pianta, odora.

Scende da' miei pensieri l'eterna dea poesia
su 'l cuore, e grida - O vecchio cuore, batti.

E docile il cuore ne' tuoi grandi occhi di fata
s'affisa, e chiama - Dolce fanciulla, canta.

A C. C.
MANDANDOGLI POEMI DI BYRON

Carlo, su 'l risonante adrïaco lido
A te viensene Aroldo il bel cantore;
Non quale ei drappeggiò con riso infido
Nel mantello di pari il suo dolore,

Ma quel raggiante di fatal valore
Surse d'un popol combattente al grido
Quando pensò raddur d'Alceo co 'l cuore
L'aquila d'Alessandro al greco nido.

Quanti su quella bianca anglica fronte
Sogni passâr di gloria! Da l'Egeo
Sorridevan le sparse isole belle.

Ahi la Parca volò! Di monte in monte
Pianse la lira de l'antico Orfeo
E tramontaro in buio mar le stelle.

BICOCCA DI SAN GIACOMO

Ecco il ridotto. Ancor non ha l'aratro
raso dal suolo l'opera di guerra.
Ecco le linee del tonante vallo
e le trincee.

Contra il nemico brulicante al piano
e lampeggiante da le valli in faccia
qui puntò Colli rapido mirando
le batterie.

Ecco le offese del nemico bronzo
ne la chiesetta, già sonante in coro

10

d'umili donne al vespero d'aprile
le litanie.

Dimani, Italia, passeran da l'Alpi
prodi seimili in faccia al re levando
l'armi e i ridenti in giovine baldanza
vólti riarsi.

Voi non vedrete, voi non sentirete,
prodi sepolti in queste verdi zolle,
quando tra questi clivi ruinava
la monarchia,

che Filiberto dirizzò, che sciolse
come polledra a l'aure annitrïente
via per l'Europa al corso il cuor di Carlo
Emmanuele.

Nobil teatro a l'inclita ruina
questo d'intorno. Sopra monti e valli
e su' vaganti in lucidi meandri
fiumi e torrenti

passa l'istoria, operatrice eterna,
tela tessendo di sventure e glorie;
uman pensiero a' novi casi audace
romperla creda.

E tuttavia silenzïosa fati
novi aggroppando ne la trama antica
tesse e ritesse l'ardua tessitrice
fra l'alpi e il mare.

Rapida va de' secoli la spola.
Addio, tra i sparsi Liguri romano
termine Ceva e nuova d'Aleramo
forza feudale!

Oh, pria ch'Alasia al giovine lombardo
gli occhi volgesse innamoratamente
ceruli e a lui sciogliesse de la chioma
l'oro fluente,

povera vita e ricco amor chiedendo
a la spelonca d'Àrdena, lasciate
lungi le selve di Germania e il padre
imperatore,

là da quel varco, onde sfidando vibra
l'esile torre il Castellino, urlando
arabe torme dilagâr fin dove
Genova splende.

Sotto il falcato vol de le fischianti
al sol di maggio scimitarre azzurre
croci di Cristo ed aquile di Roma
cadean: le donne

tendono in vano a l'are di Maria
Vergin le mani, pallide, discinte,
via trascinate pe' capelli a' molti
letti de l'Islam.

Ma s'apre a i venti su per le castella
vigili lungo le selvose Langhe
la fida a Cristo e Cesare balzana
di Monferrato.

Nata d'amore e di valor cresciuta,
gente di pugne e di canzoni amica,
di lance e scudi infranti alta sonando
la sirventese,

deh come sparve luminosa, il cielo
consparso intorno di vermiglie stelle,
imperïal meteora d'Italia
in Orïente!

Dietro le vien co 'l Po, con la sua bianca
croce, con gli anni, pur di villa in villa,
dritta, secura, riguardando innanzi,
un'altra gente.

Tra ciglia e ciglia sotto le visiere
balena il raggio del latin consiglio.
Quaranta duci; e l'aquila de l'Alpe
vola d'avanti.

Oh piú che 'l Po gli aspetta, oh piú che il serto
di Berengario! A lor servon gli eventi
e le disfatte: gli emuli d'un giorno
pugnan per loro.

Chi è che cade e pare ascendere ombra
là da le Langhe nuvolose? O grigia
in mezzo a le due Bormide Cosseria,

croce di ferro!

Su le ruine del castello avito,
ultimo arnese or di riparo a i vinti
del re, tre giorni, senza vitto, senza
artiglieria,

contro al valor repubblicano in cerchio
battente a fiotti di rovente bronzo,
supremo fior de l'alber d'Aleramo,
stiè Del Carretto.

Su le ruine del castello avito,
giovine, bello, pallido, senz'ira,
ei maneggiava sopra i saliènti
la baionetta.

Scesero al morto cavaliere intorno
da l'erme torri nel ceruleo vespro
l'ombre de gli avi; ma non il compianto
de' travadori

ruppe i silenzi de la valle, un giorno
tutta sonante di liuti e gighe
dietro i canori peregrin dal colle
di Tenda al mare.

Altri messaggi ed altri messaggeri
manda or la Francia. Ride su l'eterne
nevi de l'Alpi l'iride levata
de i tre colori.

Di balza in balza, angel di guerra, vola
la marsigliese. Svegliansi al galoppo
de' cavalieri d'Augereau gli ossami
liguri e celti.

E Bonaparte dice a' suoi, da Monte
Zemolo uscendo al Tanaro sonante
- Soldati, Annibal superò quest'Alpi,
noi le girammo -.

Di greppo in greppo su 'l cavallo bianco
saetta il còrso. Spiovongli le chiome
in doppia lista nere per l'adusto
pallido viso,

e neri gli occhi scintillando immoti

fóran dal fondo del pensier le cose.
Accenna. E come fulmine Massena
urta ed inonda,

ove Corsaglia al Tanaro si sposa
dal mezzo fiede Serurier, sinistro
batte Augereau. Gloria a' tuoi forti, o ponte
di San Michele!

Avanza sotto il tricolor vessillo
l'egualitade, avanzano i plebei
duci che il sacro feudale impero
abbatteranno.

Ma qui si pugna per l'onor, si muore
qui per la patria. E ben risorge e vince
chi per la patria cade ne la santa
luce de l'armi.

Reca, Albertina, pur di guardia in guardia
il parvoletto Carignano. In lui
tócca la madre Rivoluzïone
per l'avvenire

l'ultimo capo dal vittorïoso
ramo di Carlo Emmanuele. Il serto
gitta oltre Po Vittorio, e dittatore
leva la spada.

E a te dimani, Umberto re, in conspetto
l'Alpi d'Italia schierano gli armati
figli a la guerra. Il popolo fidente
te guarda e loro.

Noi non vogliamo, o Re, predar le belle
rive straniere e spingere vagante
l'aquila nostra a gli ampi voli avvezza:
ma, se la guerra

l'Alpe minacci e su' due mari tuoni,
alto, o fratelli, i cuori! alto le insegne
e le memorie! avanti, avanti, o Italia
nuova ed antica.

LA GUERRA

Cantano i miti - Fuse Prometeo
nel primigenio fango animandolo
la forza d'insano leone:
l'uomo levandosi ruggí guerra.

Dal rosso Adamo crebbe a l'esilio
il lavorante primo: soverchio
gli parve nel mondo un fratello:
truce rise su 'l percosso Abele.

Quindi gorgoglia sangue ne i secoli
la faticosa storia de gli uomini,
dal Pàrthenon grande a la tua
casa candida, Vashingtòno.

Su l'orso a terra steso rizzandosi
il troglodita brandí ne l'aere
la clava, da i muscoli al cuore
fervere sentendo la battaglia.

I feri figli giocando al vespero
nel sol rossastro luccicar videro
tra i massi cruenti la selce,
e l'acuirono per la strage.

Poi de le cose di fuor le imagini
calde riflesse nel mental fosforo
per mezzo l'april vaporante
ebri rapïangli, barcollando,

da i palafitti laghi, da i fumidi
antri scavati. Ahi, verzicarono
le biade, pria magre su 'l colle,
nel lavacro de le vene umane.

Dal superato colle i superstiti
guardâro: i fiumi vasti, l'oceano
moltisono, le caliganti
alpi percossero di stupore

i petti aneli verso il dominio,
le menti accese del vago incognito.
Il pin fu gettato su l'onde,
da i cerchi di pietre in vetta al monte

tornâro i foschi dèi de le patrie,

da i chiusi ostelli le donne risero:
e quindi la guerra perenne,
cavalla indomita, corse il mondo.

Pria che 'l falcato ferro de l'arabo
profeta il culto suada a i popoli
de l'unico Allah solitario,
e intorno al sepolcro scoverchiato

del crocifisso ribelle a Ieova
arda il duello grave ne' secoli
tra l'Asia e l'Europa, onde fulse
a gli ozi barbari luce e vita;

oh ben pria manda l'aurea Persepoli
gli adoratori del fuoco a gl'idoli
contro, onde sonò Maratone
inclita storïa ne le genti,

e Zeus su 'l trono de gli Achemenidi,
nume pelasgo d'Omero e Fidia,
ascese co 'l bello Alessandro,
ed Aristotele meditava.

Dal Flavio Autari che il longobardico
destriero e l'asta spinge nel Ionio
sereno ridentegli dopo
lungo errare armato, al venturiere

che uscito a vista del Grande Oceano
cavalca l'onde nuove terribili
armato di spada e di scudo
pe 'l regio imperïo de la Spagna,

una fatale sublime insania
per i deserti, verso gli oceani,
trae gli uomini l'un contro l'altro
co' numi, co 'l mistico avvenire,

con la scïenza. Su le Piramidi
il Bonaparte quaranta secoli
ben chiama. Colà dove mummie
dormono inutili Faraoni,

al musulmano solenne, al tacito
fellah curvato, tra sfere e circoli,
ei parla i diritti de l'uomo:
ondeggiano in alto i tre colori.

16

Oh, tra le mura che il fratricidio
cementò eterne, pace è vocabolo
mal certo. Dal sangue la Pace
solleva candida l'ali. Quando?

NICOLA PISANO

I.

Al sorriso d'april che da la tarda
Vetrata rompe e illumina la messa
Par che di greca leggiadria riarda
Il marmo funeral de la contessa.

Su la divota gente al suol dimessa
La voce va de l'organo gagliarda,
E sorge e tuona e mormora compressa,
E il sol dardeggia. E Nicolò riguarda.

Per la dischiusa porta la marina
Vedesi lungi tremolare, invia
Odori il vento, l'infiorato china

Mandorlo i rami. E tra la litania
Che invoca e prega, in umiltà divina
Da la gloria di Fedra esce Maria.

II.

È la chiamata de le afflitte genti
Sotto le spade barbare ne' pianti,
L'aspettata da i popoli redenti
Ne i segni a la vittoria sventolanti.

È il fior d'Iesse che vinceva i lenti
Verni semiti, e i petali roranti
Di lacrimosa pietra apre a i portenti
Trasfigurato ne gli elleni incanti.

Oh di che mira passïon percossa
Stiè l'alma a lo scultor, quando montare
Dal greco avello de le tedesche ossa,

Benigna visïon che tutto ammalia
Il ciel d'intorno, ei vide su l'altare

17

La nova e santa Venere d'Italia!

III.

E da le spalle d'Ampelo a l'altare
Traversando fu visto Dïonisio
Maestoso ne l'atto con un riso
Di gioia spirital pontificare.

E da le forme di beltà preclare
Il verginal Ippolito diviso
Ecco i pulpiti sale, e dritto e fiso
Di sereno vigor simbolo appare.

Poi, quando il coro delle donne a l'ore
Del vespro in alto i canti e gli occhi ergea
De gl'incensi tra il morbido vapore,

Col vampeggiar de la mistica idea
Ne i seni a le feconde itale nuore
L'eroica bellezza discendea.

IV.

Da la foce de l'Arno e de le spente
Città d'Etruria da le sedi or liete
Di primavera, al vento d'orïente,
Navi di Pisa, sciogliete, sciogliete.

Come stuolo di cigni in onde chete
Avanti Febo suo signor movente,
Bianche l'azzurro Egeo soavemcntc,
Navi di Pisa, correte, correte.

Vien dal verde paese di Cibele
D'etesie mormoranti aure un conforto
Che fuga dietro sé tempo crudele;

E spirito novel di porto in porto
Aleggia e canta da le vostre vele
- O terra, o ciel, o mar, Pan è risorto -.

CADORE

I.

Sei grande. Eterno co 'l sole l'iride
de' tuoi colori consola gli uomini,
 sorride natura a l'idea
 giovin perpetüa ne le tue

forme. Al baleno di quei fantasimi
roseo passante su 'l torvo secolo
 posava il tumulto del ferro,
 ne l'alto guardavano le genti;

e quei che Roma corse e l'Italia,
struggitor freddo, fiammingo cesare,
 sé stesso oblïava, i pennelli
 chino a raccogliere dal tuo piede.

Di': sotto il peso de' marmi austriaci,
in quel de' Frari grigio silenzio,
 antico tu dormi? o diffusa
 anima erri tra i paterni monti,

qui dove il cielo te, fronte olimpia
cui d'alma vita ghirlandò un secolo,
 il ciel tra le candide nubi
 limpido cerulo bacia e ride?

Sei grande. E pure là da quel povero
marmo piú forte mi chiama e i cantici
 antichi mi chiede quel baldo
 viso di giovine disfidante.

Che è che sfidi, divino giovane?
la pugna, il fato, l'irrompente impeto
 dei mille contr'uno disfidi,
 anima eroica, Pietro Calvi.

Deh, fin che Piave pe' verdi baratri
ne la perenne fuga de' secoli
 divalli a percuotere l'Adria
 co' ruderi de le nere selve,

che pini al vecchio San Marco diedero
turriti in guerra giú tra l'Echinadi,
 e il sole calante le aguglie
 tinga a le pallide dolomiti

19

sí che di rosa nel cheto vespero
le Marmarole care al Vecellio
rifulgan, palagio di sogni,
eliso di spiriti e di fate,

sempre, deh, sempre suoni terribile
ne i desideri da le memorie,
o Calvi, il tuo nome; e balzando
pallidi i giovini cerchin l'arme.

II.

Non te, Cadore, io canto su l'arcade avena che segua
de l'aure e l'acque il murmure:
te con l'eroico verso che segua il tuon de' fucili
giú per le valli io celebro.

Oh due di maggio, quando, saltato su 'l limite de la
strada al confine austriaco,
il capitano Calvi - fischiavan le palle d'intorno -
biondo, diritto, immobile,

leva in punta a la spada, pur fiso al nemico mirando,
il foglio e 'l patto d'Udine,
e un fazzoletto rosso, segnale di guerra e sterminio,
con la sinistra sventola!

Pelmo a l'atto e Antelao da' bianchi nuvoli il capo
grigio ne l'aere sciolgono,
come vecchi giganti che l'elmo chiomato scotendo
a la battaglia guardano.

Come scudi d'eroi che splendon nel canto de' vati
a lo stupor de i secoli,
raggianti nel candore, di contro al sol che pe 'l cielo
sale, i ghiacciai scintillano.

Sol de le antiche glorie, con quanto ardore tu abbracci
l'alpi ed i fiumi e gli uomini!
tu fra le zolle sotto le nere boscaglie d'abeti
visiti i morti e susciti.

- Nati su l'ossa nostre, ferite, figliuoli, ferite
sopra l'eterno barbaro:
da' nevai che di sangue tingemmo crosciate, macigni,
valanghe, stritolatelo -.

20

Tale da monte a monte rimbomba la voce de' morti
che a Rusecco pugnarono;
e via di villa in villa con fremito ogn'ora crescente
i venti la diffondono.

Afferran l'armi e a festa i giovani tizïaneschi
scendon cantando Italia:
stanno le donne a' neri veroni di legno fioriti
di geranio e garofani.

Pieve che allegra siede tra' colli arridenti e del Piave
ode basso lo strepito.
Auronzo bella al piano stendentesi lunga tra l'acque
sotto la fósca Ajàrnola,

e Lorenzago aprica tra i campi declivi che d'alto
la valle in mezzo domina,
e di borgate sparso nascose tra i pini e gli abeti
tutto il verde Comelico,

ed altre ville ed altre fra pascoli e selve ridenti
i figli e i padri mandano:
fucili impugnan, lance brandiscono e roncole: i corni
de i pastori rintronano.

Di tra gli altari viene l'antica bandiera che a Valle
vide altra fuga austriaca,
e accoglie i prodi: al nuovo sol rugge e a' pericoli novi
il vecchio leon veneto.

Udite. Un suon lontano discende, approssima, sale,
corre, cresce, propagasi;
un suon che piange e chiama, che grida, che prega, che infuria,
insistente, terribile.

Che è? chiede il nemico venendo a l'abboccamento,
e pur con gli occhi interroga.
- Le campane del popol d'Italïa sono: a la morte
vostra o a la nostra suonano -.

Ahi, Pietro Calvi, al piano te poi fra sett'anni la morte
da le fosse di Mantova
rapirà. Tu venisti cercandola, come a la sposa
celatamente un esule.

Quale già d'Austria l'armi, tal d'Austria la forca or ei guarda
sereno ed impassibile,
grato a l'ostil giudicio che milite il mandi a la sacra

21

legïon de gli spiriti.

Non mai piú nobil alma, non mai sprigionando lanciasti
a l'avvenir d'Italia,
Belfiore, oscura fossa d'austriache forche, fulgente,
Belfiore, ara di màrtiri.

Oh a chi d'Italia nato mai caggia dal core il tuo nome
frutti il talamo adultero
tal che il ributti a calci da i lari aviti nel fango
vecchio querulo ignobile!

e a chi la patria nega, nel cuor, nel cervello, nel sangue
sozza una forma brulichi
di suicidio, e da la bocca laida bestemmiatrice
un rospo verde palpiti!

III.

A te ritorna, sí come l'aquila
nel reluttante dragon sbramatasi
poggiando su l'ali pacate
a l'aereo nido torna e al sole,

a te ritorna, Cadore, il cantico
sacro a la patria. Lento nel pallido
candor de la giovine luna
stendesi il murmure de gli albeti

da te, carezza lunga su 'l magico
sonno de l'acque. Di biondi parvoli
fioriscono a te le contrade,
e da le pendenti rupi il fieno

falcian cantando le fiere vergini
attorte in nere bende la fulvida
chioma; sfavillan di lampi
ceruli rapidi gli occhi: mentre

il carrettiere per le precipiti
vie tre cavalli regge ad un carico
di pino da lungi odorante,
e al cídolo ferve Perarolo,

e tra le nebbie fumanti a' vertici
tuona la caccia: cade il camoscio
a' colpi sicuri, e il nemico,

quando la patria chiama, cade.

Io vo' rapirti, Cadore, l'anima
di Pietro Calvi; per la penisola
io voglio su l'ali del canto
aralda mandarla. - Ahi mal ridesta,

ahi non son l'Alpi guancial propizio
a sonni e sogni perfidi, adulteri!
lèvati, finí la gazzarra:
lèvati, il marzïo gallo canta! -

Quando su l'Alpi risalga Mario
e guardi al doppio mare Duilio
placato, verremo, o Cadore,
l'anima a chiederti del Vecellio.

Nel Campidoglio di spoglie fulgido,
nel Campidoglio di leggi splendido,
ei pinga il trionfo d'Italia,
assunta novella tra le genti.

CARLO GOLDONI

I.

A te, porgente su l'argenteo Sile
Le braccia a l'avo da l'opima cuna,
Ne la festante ilarità senile
Parve la vita accorrere con una

Marïonetta in mano. Al sol d'aprile
Te fuggente la logica importuna
Presago accolse il comico navile
Veleggiando la tacita laguna.

E Florindi e Lindori e Pantaloni
Fûr la famiglia tua: d'entro i suoi scialli
Rosaura ti dicea - Bon dí, putelo -.

Fumavan su la tolda i maccheroni,
Su l'albero le scimmie e i pappagalli
Garrían. Su l'Adria ridea grande il cielo.

II.

Fortuna e vita girano il lor vario
Stil. Quando Marte del suo ferreo stampo
Italia offusca e al tuon de' bronzi e al lampo
Fa di battaglia le città scenario,

Tu, da le mani del ladron sicario
Tragedo uscendo con sereno scampo,
Conduci a mendicar di campo in campo
L'eroica cecità di Belisario.

Oh errante con la moglie entro gli oscuri
Guadi e i passi dubbiosi ed i tremanti
Perigli de la notte, ecco il mattino!

Dal mondo de la luna ecco Arlecchino
Al brigadier di Spagna, e in note e canti
Maria Teresa a gli Ussari e a' Panduri.

III.

Ecco, e tra i palchi onde l'oligarchia
Sputa in platea, Venezia, ecco da questo
Povero allegro venturier modesto
A te la scena popolar si cria.

La commedia de l'arte si dormia
Ebra vecchiarda; ed ei con un suo gesto
Le spiccò su dal fianco disonesto
La giovinetta verità giulía.

Poi tra i Baffi accosciati ne' bordelli
Ed i Farsetti lividi di leggío
Da le gondole trasse e da' campielli

La sanità plebea... Tutto vanío
Come uno stormo di migranti augelli
Senza gloria né pan. Venezia, addio!

IV.

Deh come grige pesano le brume
Su Lutezia che il verno discolora,
Mentre ancor de l'ottobre al dolce lume
Ride San Marco ed il Canal s'indora!

24

Ed ei pur di su 'l memore volume
Al suo passato risorride ancora,
E la vita e la scena ed il costume
Di cordïal giocondità rinfiora.

Ahi, la tragedia, orribil visïone,
Al gran comico autor chiude l'etate!
Cadde: e Venezia non vide finire

Piagnucolando comme donna Cate,
E di palagio, come Pantalone
Dal reo Lelio cacciato, il doge uscire.

A SCANDIANO

De la pronta stagion ne i dí piú tardi
Che le rose sfioriro e i laüreti,
Quando cavalleria cinge i codardi
E al valor civiltà mette divieti,

A te, Scandian, faro gentil che ardi
Ne l'immensa al pensiero epica Teti,
O rocca de' Fogliani e de' Boiardi,
Terra di sapïenti e di poeti,

Io vengo: a tergo mi lasciai la grama
Che il mondo dice poesia, lasciai
I deliri a cui par che dietro agogni

L'età malata. Io sento che mi chiama
De' secoli la voce, e risognai
La verità dei grandi antichi sogni.

ALLA FIGLIA DI FRANCESCO CRISPI
X GENNAIO MDCCCXCV

Ma non sotto la stridula
Procella d'onte che non fûr piú mai,
Ma non, sicana vergine,
Tu la splendida fronte abbasserai.

Pria che su rosea traccia
Amor ti chiami, innalza, o bella figlia,

Innalza al padre in faccia
Gli occhi sereni e le stellanti ciglia.

Ei nel dolce monile
De le tue braccia al bianco capo intorno
Scordi il momento vile
E de la patria il tenebroso giorno.

Ne l'amoroso e pio folgoreggiare
De gli occhi il lui levati
L'ampio riso rivegga ei del suo mare
Ne' dí pieni di fati;

Quando, novello Procida,
E piú vero e migliore, innanzi e indietro
Arava ei l'onda sicula:
Silenzio intorno, a lui su 'l capo il tetro

De le borbonie scuri
Balenar ne i crepuscoli fiammanti;
In cuore i dí futuri,
Garibaldi e l'Italia: avanti, avanti!

O isola del sole,
O isola d'eroi madre, Sicilia,
Fausta accogli la prole
Di lui che la tirannica vigilia

T'accorciò. Seco venga a' lidi tuoi
Fe' d'opre alte e leggiadre,
O isola del sole, o tu d'eroi
Sicilia antica madre.

ALLA CITTÀ DI FERRARA
NEL XXV APRILE DEL MDCCCXCV

I.

Ferrara, su le strade che Ercole primo lanciava
ad incontrar le Muse pellegrine arrivanti,
e allinearon elle gli emuli viali d'ottave
storïando la tomba di Merlino profeta,
come, o Ferrara, bello ne la splendida ora d'aprile
ama il memore sole tua solitaria pace!
Non passo i luminosi misteri vïola né voce
d'uomo: da i suburbani pioppi il tripudio corre

de gli uccelli su l'aura del pian lungi florido. Come
ne le scendenti spire de la conchiglia un'eco
d'antichi pianti, un suono di lungo sospiro profondo
dal grande oceano ond'ella strappata fu, permane;
cosí per le tue piazze dilette dal sole, o Ferrara,
il nuovo peregrino tende le orecchie e ode
da' marmorei palagi su 'l Po discendere lenta
processïone e canto d'un fantastico epos.

Chi è, chi è che viene? Con piangere dolce di flauti,
tra nuvola di cigni volanti da l'Eridano,
ecco il Tasso. Lampeggia, palazzo spirtal de' dïamanti,
e tu, fatta ad accôrre sol poeti e duchesse,
o porta de' Sacrati, sorridi nel florido arco!
d'Italia grande, antica, l'ultimo vate viene.
Ei fugge i colli dove monacale tedio il consunse,
ei chiede i luoghi dove gioventú gli sorrise.
Castello d'Este, in vano d'arpie vaticane fedato,
abbassa i ponti, leva l'aquila bianca. Ei torna.
Non Alfonso caduco gli mova a l'incontro, non mova
Leonora, matura vergine senz'amore;
ma Parisina ardente dal sangue natal di Francesca,
che del vago Tristano legge gli amori e l'armi;
ma, posando la destra su 'l fido levrier, Leonello
verde vestito; parla di Cesare al Guarino.

II.

O dileguanti via su la marina
tra grigie arene e fise acque di stagni,
cui scarsa omai la quercia ombreggia e rado
il cignal fruga,

terre pensose in torvo aëre greve,
su cui perenne aleggia il mito e cova
leggende e canta a i secoli querele,
ditemi dove

rovescio, il crin spiovendogli, dal sole
mal carreggiato (e candide tendea
al mareggiante Eridano le braccia)
cadde Fetonte

ardendo, come per sereno cielo
stella volante che di lume un solco
traesi dietro: chiamano, ed in alto
miran le genti.

Ov'è che prone su 'l fratel piangendo
l'Eliadi suore lacrimâr l'elettro,
e crebber pioppe, sibilando a' venti
sciolte le chiome?

Ov'è che a lutto del fanciullo amato
lai lungi il re de' Liguri levando
tra le populee meste fronde e l'ombra
de le sorelle

vecchiezza indusse di canute piume,
e abbandonata la dogliosa terra
seguí le belle sorridenti in cielo
stelle co 'l canto?

Perpetuo quindi un gemito vagava
su la tristezza di Padusa immota
ne le fósche acque. I Liguri selvaggi
spingean le cimbe

lungo ululando in negre vesti, o sopra
i calvi dossi a l'isole emergenti
in solchi per il desolato lago
sedean cantando

lugubremente dove Argenta siede
oggi. Né ancora Dïomede avea
di delfic'oro e argivo onor vestita
d'Adria reina

Spina pelasga. Ahi nome vano or suona!
Sparí, del vespro visïone, in faccia
a la sorgente con in man la croce
ferrea Ferrara.

Salve, Ferrara! Dove stan le belle
torri d'Ateste e case d'Arïosti
eran paludi, e i Língoni coloni
davan le reti

al mare incerto e combattean la preda,
quando campati innanzi la ruina
del latrante Unno i Veneti e dal Fòro
giulio i Romani,

sí come i Liguri avi da le belve
ne le disperse stazïon lacustri,
qui confuggiro e ripararon l'alto

seme di Roma.

Salve, Ferrara, co 'l tuo fato in pugno
ultima nata, creatura nova
de l'Apennin, del Po, del faticoso
dolore umano!

Poi che di sangue vínilo rinfusa
pugne cercando e libertà, trovasti
risse e tiranni, a l'orïente - O bianca
aquila, vieni! -

chiamasti. E venne. Ah ponte di Cassano,
ah rive d'Adda, quanto grido corse
l'aure lombarde, allor che su 'l furore
d'Ezzelin domo

ringuainando placido la spada
Azzo Novello salutò con mano
la sventolante rossa croce per le
itale insegne!

D'allora un lume d'epopea corona
l'aquila d'Este; e quando ne le sale
le marchesane udian Isotta e i fieri
giovani Orlando,

un mesto suon di rapsodia veniva
giú d'Aquileia dal disfatto piano,
venía co 'l Po, cantatagli da' flutti
d'Ocno e di Manto,

l'itala antica melodia di Maro;
e le vïole de' trovieri a un tratto
tacean; la dama sospirava, in alto
guardava il sire.

E a te, Ferrara, come già d'alpestre
sostanza i fiumi ti recâr tributo,
onde tu stesti nel gran piano e saldo
crebbe San Giorgio,

a te da i monti a te da le colline
d'Italia verdi profluí l'ingegno
e la bollente d'igneo vigore
materia umana.

A te gli Strozzi vennero da l'Arno

tósco parlando e ti cantâr latina;
e gli Arïosti da Bologna, accorta
gente di guerra

e di faccenda, che a stupor del mondo
diêr la sirena del volubil tono;
venne da Reggio la diletta a Febo
gente Boiarda;

e da gli Euganei vennero pensosi
Savonaroli, e da Verona bella,
la diva Grecia rivelando, umíle
venne il Guarino.

Onde stagione fu di gloria, e corse
con il tuo fiume, o fetontea Ferrara,
ampio, seren, perpetuo, sonsnte,
l'italo canto.

III.

Ahi ahi l'ora nefanda! Dal Tebro fiutando la preda
la lupa vaticana s'abbatte su l'Eridano.
De la bocca agognante con l'atra mefite ella fuga
turbato l'usignolo tra gli allori cantando.
D'Armida e di Rinaldo cantava: cantava Clorinda
con l'elmo e l'auree trecce, ed Erminia soave.
Salgono su per l'aere dal canto le imagini: bionde
malïarde sorprese dal lusingato amore:
vergini sospirose, che timide i ceruli sguardi
giran, chinando il viso pallido di desio.
Tutte fuggîr le belle davanti a la lupa, che tetra
dıgrigna i bianchi denti, mette ululati c avanza.
Tutti su' grandi scudi velaro i guerrieri le croci,
e dileguâr fantasmi per le insorte tenèbre.
La lupa, con un guizzo del rabido artiglio la bianca
aquila ghermí al petto, la strazïò ne l'ale.

Maledetta sie tu, maledetta sempre, dovunque
gentilezza fiorisce, nobiltade apre il volo,
sii maledetta, o vecchia vaticana lupa cruenta,
maledetta da Dante, maledetta pe 'l Tasso.
Tu lo spegnesti, tu; malata l'Italia traesti
co 'l suo poeta a l'ombra perfida de' cenobii.
Pallido, grigio, curvo, barcollante, al braccio il sostiene
un alto prete rosso di porpora e salute.
O Garibaldi, vieni! L'espïazïone d'Italia

con la virtú d'Italia su questo colle adduci.
Corra nobile sangue d'Arganti e Tancredi novelli
risorti da Camillo per la Solima nostra.
Che Sant'Onofrio? È questa la vetta superba di Giano,
fortezza de' Quiriti, cuna santa d'Italia:
onde io, Ferrara, madre de l'itale muse seconda,
questo vindice canto su 'l nostro Po t'invio.

MEZZOGIORNO ALPINO

Nel gran cerchio de l'alpi, su 'l granito
Squallido e scialbo, su' ghiacciai candenti,
Regna sereno intenso ed infinito
Nel suo grande silenzio il mezzodí.

Pini ed abeti senza aura di venti
Si drizzano nel sol che gli penetra,
Sola garrisce in picciol suon di cetra
L'acqua che tenue tra i sassi fluí.

L'OSTESSA DI GABY

E verde e fosca l'alpe e limpido e fresco è il mattino,
e traverso gli abeti tremola d'oro il sole.
Cantan gli uccelli a prova, stormiscono le cascatelle,
precipita la scesa nel vallone di Niel.

Ecco le bianche case. La giovine ostessa a la soglia
ride, saluta e mesce lo scintillante vino.
Per le fórre de l'alpe trasvolan figure ch'io vidi
certo nel sogno d'una canzon d'arme e d'amori.

ESEQUIE DELLA GUIDA E. R.

Spezzato il pugno che vibrò l'audace
Picca tra ghiaccio e ghiaccio, il domatore
De la montagna ne la bara giace.

Giú da la Saxe in funeral tenore
Scende e canta il corteo: dicono i preti
- La requie eterna dona a lui, Signore -,

- E la luce perpetua l'allieti -
Rispondono le donne: ondeggia al vento
Il vessil de la morte in fra gli abeti.

Or sí or no su rotte aure il lamento
Vien dal martorio, or sí or no si vede
Scender tra' boschi il coro grave e lento.

Esce in aperto, e al cimiter procede.
Posta la bara fra le croci, pria
Favella il prete: - Iddio t'abbia marcede,

Emilio, re della montagna: e pia
Avei l'alma, e ogni dí le tue preghiere
Ascendevano al grembo di Maria -.

Le donne sotto le gramaglie nere
Co 'l viso in terra piangono a una volta
Sopra i figli caduti e da cadere.

A un tratto la caligine ravvolta
Intorno al Montebianco ecco si squaglia
E purga nel sereno aere disciolta:

Via tra lo sdrucio de la nuvolaglia
Erto, aguzzo, feroce si protende
E, mentre il ciel di sua minaccia taglia,

Il Dente del gigante al sol risplende.

LA MOGLIE DEL GIGANTE

IL NETTUNO

Bianchi verni, estati ardenti,
Quante mai pesâr su me!
Trapassar maree di genti
Vidi e nuvole di re.

Bella mia, dal fondo algoso
Del mar nostro vieni su!
In te vuole il suo riposo
La mia bronzea gioventú.

LA SIRENA

Dal confin che il sol rallegra
Qual mai voce risonò?
Di quast'acque immense l'egra
Solitudin lascerò.

O tu azzurro il crine e il dosso
Bel cavallo, a me, a me!
Vo' vedere il sole rosso
E la faccia del mio re.

IL NETTUNO

Il mio petto si confonde
Di lassezza e di desir.
Bella mia, per le glauche onde
Non ti sento anche salir?

Bella mia, quando in ciel dorme
La caligine lunar
Ne la veglia de le forme
Ci vogliamo disposar.

LA SIRENA

Ahi, mio re! l'informe eterno
Demogorgone non vuol,
E la tenebra d'inferno
Mi sorprende in faccia al sol.

Ahi, mio re! la tua carezza
Chiedo in van, son tratta giú;
E fu in van la mia bellezza
Com'è in van la tua virtú.

PER IL MONUMENTO DI DANTE A TRENTO
III SETT. MCCCXXI

Súbito scosso de le membra sue
Lo spirito volò: sovr'esso il mare,
Oltre la terra, al sacro monte fue.

A traverso il baglior crepuscolare

Vide, o gli parve riveder, la porta
Di san Pietro nel monte vaneggiare.

- Aprite - disse. - Coscïenza porta
Il mio volere, e tra i superbi io vegno,
Ben che la stanza mia qui sarà corta.

E passerò nel benedetto regno
A riveder le note forme sante,
Ché Dio e il canto mio me ne fa degno -.

Voce da l'alto gli rispose - Dante,
Ció che vedesti fu e non è: vanío
Con la tua visïon, mondo raggiante

Ne gl'inni umani de la vostra Clio:
Dal profondo universo unico regna
E solitario sopra i fati Dio.

Italia Dio in tua balía consegna
Sí che tu vegli spirito su lei
Mentre perfezïon di tempi vegna.

Va', batti, caccia tutti falsi dèi,
Fin ch'egli seco ti richiami in alto
A ciò che novo paradiso crei -.

Cosí di tempi e genti in vario assalto
Dante si spazia da ben cinquecento
Anni de l'Alpi sul tremendo spalto.

Ed or s'è fermo, e par ch'aspetti, a Trento.

LA MIETITURA DEL TURCO

Atene, giugno - I turchi incominciarono
a mietere in Tessaglia e continuano a
saccheggiare (Disp. telegr.)

Il Turco miete. Eran le teste armene
Che ier cadean sotto il ricurvo acciar:
Ei le offeriva boccheggianti e oscene
A i pianti de l'Europa a imbalsamar.

Il Turco miete. In sangue la Tessaglia
Ch'ei non arava or or gli biondeggiò:

- Aia - diss'ei - m'è il campo di battaglia,
E frustando i giaurri io trebbierò -.

Il Turco miete. E al morbido tiranno
Manda il fior de l'elleniche beltà.
I monarchi di Cristo assisteranno
Bianchi eunuchi a l'arèm del Padiscià.

LA CHIESA DI POLENTA

Agile e solo vien di colle in colle
quasi accennando l'ardüo cipresso.
Forse Francesca temprò qui li ardenti
occhi al sorriso?

Sta l'erta rupe, e non minaccia: in alto
guarda, e ripensa, il barcaiol, torcendo
l'ala de' remi in fretta dal notturno
Adrïa: sopra

fuma il comignol del villan, che giallo
mesce frumento nel fervente rame
là dove torva l'aquila del vecchio
Guido covava.

Ombra d'un fiore è la beltà, su cui
bianca farfalla poesia volteggia:
eco di tromba che si perde a valle
è la potenza.

Fuga di tempi e barbari silenzi
vince e dal flutto de le cose emerge
sola, di luce a' secoli affluenti
faro, l'idea.

Ecco la chiesa. E surse ella che ignoti
servi morian tra le romana plebe
quei che fûr poscia i Polentani e Dante
fecegli eterni.

Forse qui Dante inginocchiossi? L'alta
fronte che Dio miró da presso chiusa
entro le palme, ei lacrimava il suo
bel San Giovanni;

e folgorante il sol rompea da' vasti

boschi su 'l mar. Del profugo a la mente
ospiti batton lucidi fantasmi
dal paradiso:

mentre, dal giro de' brevi archi l'ala
candida schiusa verso l'orïente,
giubila il salmo In exitu cantando
Israel de Aegypto.

Itala gente da le molte vite,
dove che albeggi la tua notte e un'ombra
vagoli spersa de' vecchi anni, vedi
ivi il poeta.

Ma su' dischiusi tumuli per quelle
chiese prostesi in grigio sago i padri,
sparsi di turpe cenere le chiome
nere fluenti

al bizantino crocefisso, atroce
ne gli occhi bianchi livida magrezza,
chieser mercé de l'alta stirpe e de la
gloria di Roma.

Da i capitelli orride forme intruse
a le memorie di scapelli argivi,
sogni efferati e spasimi del bieco
settentrïone,

imbestïati degeneramenti
de l'orïente, al guizzo de la fioca
lampada, in turpe abbracciamento attorti,
zolfo ed inferno

goffi sputavan su la prosternata
gregge: di dietro al battistero un fulvo
picciol cornuto diavolo guardava
e subsannava.

Fuori stridea per monti e piani il verno
de la barbarie. Rapido saetta
nero vascello, con i venti e un dio
ch'ulula a poppa,

fuoco saetta ed il furor d'Odino
su le arridenti di due mari a specchio
moli e cittadi a Enosigeo le braccia
bianche porgenti.

Ahi, ahi! Procella d'ispide polledre
àvare ed unne e cavalier tremendi
sfilano: dietro spigolando allegra
ride la morte.

Gesù, Gesù! Spalancano la terra
bocca i sepolcri: a' venti a' nembi al sole
piangono rese anch'esse de' beati
màrtiri l'ossa.

E quel che avanza il Vínilo barbuto,
ridiscendendo da i castelli immuni,
sparte - reliquie, cenere, deserto -
con l'alabarda.

Schiavi percossi e dispogliati, a voi
oggi la chiesa, patria, casa, tomba,
unica avanza: qui dimenticate,
qui non vedete.

E qui percossi e dispogliati anch'essi
i percussori e spogliatori un giorno
vengano. Come ne la spumeggiante
vendemmia il tino

ferve, e de' colli italici la bianca
uva e la nera calpestata e franta
sé disfacendo il forte e redolente
vino matura;

qui, nel conspetto a Dio vendicatore
e perdonante, vincitori e vinti,
quei che al Signor pacificò, pregando,
Teodolinda,

quei che Gregorio invidïava a' servi
ceppi tonando nel tuo verbo, o Roma,
memore forza e amor novo spiranti
fanno il Comune.

Salve, affacciata al tuo balcon di poggi
tra Bertinoro alto ridente e il dolce
pian cui sovrasta fino al mar Cesena
donna di prodi,

salve, chiesetta del mio canto! A questa
madre vegliarda, o tu rinnovellata
itala gente da le molte vite

rendi la voce

de la preghiera: la campana squilli
ammonitrice: il campanil risorto
canti di clivo in clivo a la campagna
Ave Maria.

Ave Maria! Quando su l'aure corre
l'umil saluto, i piccioli mortali
scovrono il capo, curvano la fronte
Dante ed Aroldo.

Una di flauti lenta melodia
passa invisibil fra la terra e il cielo:
spiriti forse che furon, che sono
e che saranno?

Un oblio lene de la faticosa
vita, un pensoso sospirar quïete,
una soave volontà di pianto
l'anima invade.

Taccion le fiere e gli uomini e le cose,
roseo 'l tramonto ne l'azzurro sfuma,
mormoran gli alti vertici ondeggianti
Ave Maria.

SABATO SANTO
PER IL NATALIZIO DI M. G.

Che giovinezza nova, che lucidi giorni di gioia
per la cerula effusa chiarità de l'aprile

cantano le campane con onde e volate di suoni
da la città su' poggi lontanamente verdi!

Da i superati inferni, redimito il crin di vittoria,
candido, radïante, Cristo risorge al cielo:

svolgesi da l'inverno il novello anno, e al suo fiore
già in presagio la messe già la vendemmia ride.

Ospite nova al mondo, son oggi vent'anni, Maria,
tu t'affacciasti; e i primi tuoi vagiti coverse

doppio il suon de le sciolte campane sonanti a la gloria:

ora e tu ne la gloria de l'età bella stai,

stai com'uno di questi arboscelli schietti d'aprile
che a l'aura dolce danno il bianco roseo fiore.

Volgasi intorno al capo tuo giovin, deh, l'augure suono
de le campane anch'oggi di primavera e pasqua!

cacci il verno ed il freddo, cacci l'odio tristo e l'accidia,
cacci tutte le forme de la discorde vita!

IN RIVA AL LYS
A S. F.

A piè del monte la cui neve è rosa
In su 'l mattino candido e vermiglio,
Lucida, fresca, lieve, armonïosa
Traversa un'acqua ed ha nome dal giglio.

Io qui seggo, Ferrari, e la famosa
Riva d'Arno ripenso e il tuo consiglio;
E di por via la piccioletta prosa
E altamente cantar partito piglio.

Ma il Lys m'avvisa - Al nulla si confonde
Questo mio canto, e non se ne rammarca;
Pur di tanto maggior vena s'effonde -.

Ond'io, la fronte di superbia scarca,
Torno al mio cuore; e a' monti a l'aure a l'onde
Ridico la canzon del tuo Petrarca.

ELEGIA DEL MONTE SPLUGA

No, forme non eran d'aer colorato né piante
garrule e mosse al vento: ninfe eran tutte e dee.

E quale iva salendo volubile e cerula come
velata emerse Teti da l'Egeo grande a Giove:

e qual balzava da la palpitante scorza de' pini
rosea, l'agil donando florida chioma a l'aure:

e qual da la cintura d'in cima a' ghiacci dïasprati

39

sciogliea, nastri d'argento, le cascatelle allegre.

Sola in vett'a un gran masso di quarzo brillante al meriggio
in disparte sedevi, Loreley pellegrina:

solcavi l'aurea chioma con l'aureo pettine, lunga
la chioma iva per l'alpe, vi ridea dentro il sole.

In un tempio a larghe ombre di larici acuti le Fate
stavan, occhi fiammanti ne la gemma de' visi:

serti di quercia al crine su le nere clamidi nero,
scettri avean d'oro in mano: riguardavano me.

- Orco umano, che sali da' piani fumanti di tedio,
noi la ti demmo: aveva gli occhi color del mare.

Or tu ne vieni solo. Che festi di nostra sorella?
l'hai divorata? - E fise riguardavan pur me.

- No, temibili Fate, no, soavi ninfe, lo giuro:
ella è volata fuori de la veduta mia.

Ma la sua forma vive, ma palpita l'alma sua vita
ne le mie vene, in cima de la mia mente siede.

Con la imagine sua dinanzi da gli occhi tuttora
che mi arde, con la voce che dentro il cor mi ammalia,

suono di primavera su 'l tepido aprile dormente,
erro soletto il mondo, tutto di lei l'impronto.

Ecco, voi Fate e ninfe, paretemi, e siete, lei sola:
anzi in mia visïone v'ho creato io di lei.

Ma ella dove esiste? - Lamenti scoppiarono, e via
sparver le ninfe in aria, via sotterra le Fate.

E vidi su gli abeti danzar li scoiattoli, e udii
sprigionate co' musi le marmotte fischiare.

E mi trovai soletta là dove perdevasi un piano
brullo tra calve rupi: quasi un anfiteatro

ove elementi un giorno lottarono e secoli. Or tace
tutto: da' pigri stagni pigro si svolve un fiume:

erran cavalli magri su le magre acque: aconito,

perfido azzurro fiore, veste la grigia riva.

SANT'ABBONDIO

Nitido il cielo come in adamante
D'un lume del di là trasfuso fosse,
Scintillan le nevate alpi in sembiante
D'anime umane da l'amor percosse.

Sale da i casolari il fumo ondante
Bianco e turchino fra le piante mosse
Da lieve aura: il Madesimo cascante
Passa tra gli smeraldi. In vesti rosse

Traggono le alpigiane, Abbondio santo,
A la tua festa: ed è mite e giocondo
Di lor, del fiume e de gli abeti il canto.

Laggiú che ride de la valle in fondo?
Pace, mio cuor; pace, mio cuore. Oh tanto
Breve la vita ed è sí bello il mondo!

ALLE VALCHIRIE
PER I FUNERALI DI ELISABETTA IMPERATRICE REGINA

Bionde Valchirie, a voi diletta sferzar de' cavalli,
sovra i nembi natando, l'erte criniere al cielo.

Via dal lutto uniforme, dal piangere lento de i cherchi
rapite or voi, volanti, di Wittelsbach la donna.

Ahi quanto fato grava su l'alta tua casa crollante,
su la tua bianca testa quanto dolore, Absburgo!

Pace, o veglianti ne la caligin di Mantova e Arad
ombre, ed o scarmigliati fantasimi di donne!

Via, Valchirie, con voi la bionda qual voi di cavalli
agitatrice a riva piú cortese! là dove

sotto Corcira bella l'azzurro Jonio sospira
con suo ritmo pensoso verso gli aranci in fiore.

Sorge la bianca luna da' monti d'Epiro ed allunga

sino a Leuca la face tremolante su 'l mare.

Ivi l'aspetta Achille. Tergete, Valchirie, tergete
dal nobil petto l'orma del pugnale villano;

e tergete da l'alma, voi pie sanatrici divine,
il sogno spaventoso, lugubre, de l'impero,

Sveglisi ne' freschi anni la pura vindelica rosa
a un dolce accordo novo di tinnïenti cetre.

Qual piú soave mai, la musa di Heine risuona:
che da l'erma risponde Leucade, sospirando?

Tien la spirtale riva un'altra serena quïete
come d'elisio sotto la graziosa luna.

PRESSO UNA CERTOSA

Da quel verde, mestamente pertinace tra le foglie
Gialle e rosse de l'acacia, senza vento una si toglie:
E con fremito leggero
Par che passi un'anima.

Velo argenteo par la nebbia su 'l ruscello che gorgoglia,
Tra la nebbia ne 'l ruscello cade a perdersi la foglia.
Che sospira il cimitero,
Da' cipressi, fievole?

Improvviso rompe il sole sopra l'umido mattino,
Navigando tra le bianche nubi l'aere azzurrino:
Si rallegra il bosco austero
Già de 'l verno prèsago.

A me, prima che l'inverno stringa pur l'anima mia
Il tuo riso, o sacra luce, o divina poesia!
Il tuo canto, o padre Omero,
Pria che l'ombra avvolgami!

CONGEDO

Fior tricolore,
Tramontano le stelle in mezzo al mare
E si spengono i canti entro il mio core.

Della Canzone di Legnano
di Giosue Carducci

PARTE I

IL PARLAMENTO

I.

Sta Federico imperatore in Como.
Ed ecco un messaggero entra in Milano
Da Porta Nova a briglie abbandonate.
«Popolo di Milano,» ei passa e chiede,
«Fatemi scorta al console Gherardo.»
Il consolo era in mezzo de la piazza,
E il messagger piegato in su l'arcione
Parlò brevi parole e spronò via.
Allor fe' cenno il console Gherardo,
E squillaron le trombe a parlamento.

II.

Squillarono le trombe a parlamento:
Ché non anche risurto era il palagio
Su' gran pilastri, né l'arengo v'era,
Né torre v'era, né a la torre in cima
La campana. Fra i ruderi che neri
Verdeggiavan di spine, fra le basse
Case di legno, ne la breve piazza
I milanesi tenner parlamento
Al sol di maggio. Da finestre e porte
Le donne riguardavano e i fanciulli.

III.

«Signori milanesi,» il consol dice,
«La primavera in fior mena tedeschi
Pur come d'uso. Fanno pasqua i lurchi
Ne le lor tane, e poi calano a valle.
Per l'Engadina due scomunicati
Arcivescovi trassero lo sforzo.
Trasse la bionda imperatrice al sire
Il cuor fido e un esercito novello.

43

Como è co' i forti, e abbandonò la lega.»
Il popol grida: «L'esterminio a Como.»

IV.

«Signori milanesi,» il consol dice,
«L'imperator, fatto lo stuolo in Como,
Move l'oste a raggiungere il marchese
Di Monferrato ed i pavesi. Quale
Volete, milanesi? od aspettare
Da l'argin novo riguardando in arme,
O mandar messi a Cesare, o affrontare
A lancia e spada il Barbarossa in campo?»
«A lancia e spada,» tona il parlamento,
«A lancia e spada, il Barbarossa, in campo.»

V.

Or si fa innanzi Alberto di Giussano.
Di ben tutta la spalla egli soverchia
Gli accolti in piedi al console d'intorno.
Ne la gran possa de la sua persona.
Torreggia in mezzo al parlamento: ha in mano
La barbuta: la bruna capelliera
Il lato collo e l'ampie spalle inonda.
Batte il sol ne la chiara onesta faccia,
Ne le chiome e ne gli occhi risfavilla.
È la sua voce come tuon di maggio.

VI.

«Milanesi, fratelli, popol mio!
Vi sovvien» dice Alberto di Giussano
«Calen di marzo? I consoli sparuti
Cavalcarono a Lodi, e con le spade
Nude in mano gli giurâr l'obedïenza.
Cavalcammo trecento al quarto giorno,
Ed a i piedi, baciando, gli ponemmo
I nostri belli trentasei stendardi.
Mastro Guitelmo gli offerí le chiavi
Di Milano affamata. E non fu nulla.»

VII.

«Vi sovvien» dice Alberto di Giussano
«Il dí sesto di marzo? Ai piedi ei volle
Tutti i fanti ed il popolo e le insegne.
Gli abitanti venian de le tre porte,
Il carroccio venía parato a guerra;
Gran tratta poi di popolo, e le croci
Teneano in mano. Innanzi a lui le trombe
Del carroccio mandâr gli ultimi squilli,
Innanzi a lui l'antenna del carroccio
Inchinò il gonfalone. Ei toccò i lembi.»

VIII.

«Vi sovvien?» dice Alberto di Giussano:
«Vestiti i sacchi de la penitenza,
Co' piedi scalzi, con le corde al collo,
Sparsi i capi di cenere, nel fango
C'inginocchiammo, e tendevam le braccia,
E chiamavam misericordia. Tutti
Lacrimavan, signori e cavalieri,
A lui d'intorno. Ei, dritto, in piedi, presso
Lo scudo imperïal, ci riguardava.
Muto, col suo dïamantino sguardo.»

IX.

«Vi sovvien,» dice Alberto di Giussano,
«Che tornando a l'obbrobrio la dimane
Scorgemmo da la via l'imperatrice
Da i cancelli a guardarci? E pe' i cancelli
Noi gittammo le croci a lei gridando
- O bionda, o bella imperatrice, o fida,
O pia, mercé, mercé di nostre donne! -
Ella trassesi indietro. Egli c'impose
Porte e muro atterrar de le due cinte
Tanto ch'ei con schierata oste passasse.»

X.

«Vi sovvien?» dice Alberto di Giussano:
«Nove giorni aspettammo; e si partiro
L'arcivescovo i conti e i valvassori.
Venne al decimo il bando - Uscite, o tristi,
Con le donne co i figli e con le robe:
Otto giorni vi dà l'imperatore -.
E noi corremmo urlando a Sant'Ambrogio,
Ci abbracciammo a gli altari ed a i sepolcri.
Via da la chiesa, con le donne e i figli,
Via ci cacciaron come can tignosi.»

XI.

«Vi sovvien» dice Alberto di Giussano
«La domenica triste de gli ulivi?
Ahi passïon di Cristo e di Milano!
Da i quattro Corpi santi ad una ad una
Crosciar vedemmo le trecento torri
De la cerchia; ed al fin per la ruina
Polverosa ci apparvero le case
Spezzate, smozzicate, sgretolate:
Parean file di scheltri in cimitero.
Di sotto, l'ossa ardean de' nostri morti.»

XII.

Cosí dicendo Alberto di Giussano
Con tutt'e due le man copriasi gli occhi,
E singhiozzava: in mezzo al parlamento
Singhiozzava e piangea come un fanciullo.
Ed allora per tutto il parlamento
Trascorse quasi un fremito di belve.
Da le porte le donne e da i veroni,
Pallide, scarmigliate, con le braccia
Tese e gli occhi sbarrati al parlamento,
Urlavano - Uccidete il Barbarossa -.

XIII.

«Or ecco,» dice Alberto di Giussano,
«Ecco, io non piango piú. Venne il dí nostro,
O milanesi, e vincere bisogna.
Ecco: io m'asciugo gli occhi, e a te guardando,

O bel sole di Dio, fo sacramento:
Diman la sera i nostri morti avranno
Una dolce novella in purgatorio:
E la rechi pur io!» Ma il popol dice:
«Fia meglio i messi imperïali.» Il sole
Ridea calando dietro il Resegone.

O bel sole di Dio, fo sacramento:
Diman la sera i nostri morti avranno
Una dolce novella in purgatorio:
E la rechi pur io!» Ma il popol dice:
«Fia meglio i messi imperïali.» Il sole
Ridea calando dietro il Resegone.